별도 많고

황금알 시인선 56

별도 많고

초판인쇄일 | 2012년 7월 9일
초판발행일 | 2012년 7월 30일

지은이 | 이무권
펴낸곳 | 도서출판 황금알
펴낸이 | 金永馥
선정위원 | 마종기 · 유안진 · 이수익 · 문인수
주 간 | 김영탁
편집실장 | 조경숙
표지디자인 | 칼라박스
주 소 | 110-510 서울시 종로구 동숭동 201-14 청기와빌라2차 104호
물류센타(직송 · 반품) | 100-272 서울시 중구 필동2가 124-6 1F
전 화 | 02)2275-9171
팩 스 | 02)2275-9172
이메일 | tibet21@hanmail.net
홈페이지 | http://goldegg21.com
출판등록 | 2003년 03월 26일(제300-2003-230호)

값 8,000원

ISBN 978-89-97318-20-9-03810

별도 많고

이무권 시집

황금알

무슨 일이나 다 그러하지만, 시집을 내는 일도 갈수록 두려운 생각이 든다. 시간의 경과에 따라 성숙해가는 것이 살아있는 것들의 본모습일 것인데, 오히려 뒷걸음질만 하고 있는 내 시작詩作의 옹색한 영역이 부끄럽기만 하다. 그러나 그 부끄러움을 몇 마디 췌사贅辭로 호도할 생각은 없다. 발화자發話者가 자신의 말에 주석을 다는 경우는, 듣는 사람을 한 단계 어린 사람으로 치부하거나 표현이 잘못되었음을 자인할 때라고 한다면, 종잡을 수 없는 말을 한 책임은 스스로 감수해야 할 일이지만, 독자까지 무시하는 일은 없어야 하겠기에 하는 말이다.

시집 한 권을 내는 일도 혼자의 힘으로 되는 일은 아니다. 내 게으름을 일깨워 준 주변 사람들, 초고를 함께 살펴준 감태준 시인, 그리고 어려운 여건에도 흔쾌히 출판을 맡아준 김영탁 주간, 모두에게 두루두루 고마운 마음을 전한다.

동화리에서
이무권

차 례

2부

3부

4부

1부

발자국

서 있는 동안은 볼 수 없는
발자국
걸음 떼면 보이는
허수로운 자취

되밟아 나올 수는 없다.

비뚤비뚤
눈길 위에 홀로 찍힌 내 발자국

외롭다,

텅 빈 하늘만큼.

노송

뒷산 산책길 아름드리 노송
겨우내 붙들고 있던 삭정이 한 가지
선뜻 놓아 보낸다.
바위를 뚫지 못한 뿌리는
지상으로 솟아
지나는 사람들 발밑에서 반들반들
비명을 지르고.

밟히지 않는 생生이
어디 있으랴.

치악산을 오르며

산은
나이를 잊었다.

시간이 소멸한 자리
그곳에서 비로소
생명은 영원에 든다.

산은 한 번도
삶을 사유思惟해 본 적이 없다.

꽃을 예비하지도
낙엽을 거부한 일도 없이
오늘을 대면할 뿐

지금, 하늘 높고 햇살 가벼우니
어느 골짜기 비낀 바위틈
청노루 한 마리
어미의 태 속을 헤집고 있겠다.

나무

꽃 피고 꽃 지고
잎 피고 잎 지고
나무들의 사유思惟는 단순하다.

삶은 과정이 아니라 그 자체가 목적이라고
지금 이 순간순간의 삶이
존재의 구극究極이라고

떠미는 바람까지 보듬으며
하늘 향해 뻗은 가지 끝의
저 통연洞然한 자유.

꽃의 비밀

어제는 방사능비
오늘은 황사비
생매장당한 돼지들의 비명이 돌개바람으로 불고
해일에 휩쓸려 가는 사람들의 절규가 폭우로 내린다.
그래도 꽃은 피었다.
시방삼계十方三界 비명非命의 모든 생명을 담아
해원제解冤祭 봉헌물로 피워 올린
연꽃.

올들어 유난히
백련은 해맑고
홍련은 더욱 짙은 핏빛이거니.

겨우살이

뒷산 중턱
아름드리 굴참나무 맨몸 위로
파랗게 기어오르고 있는 겨우살이
한겨울 추위를 녹이고 있다.

노사 분규 끊이지 않고
부의 분배 양극화로 치닫고 있다는 세상
주어서 자랑하지 않고
받아서 주눅들지 않는 저런 큰마음들로
우리도 이 겨울 녹일 수는 없을까.

때로는 원망하고
가끔은 생떼를 쓰기도 하며 드리는 기도 가운데 들리는
세미한 목소리
"나는 이미 넉넉히 주었느니, 나누는 일은
너희가 감당할 몫이니라."

목련

입춘 지나
목련의 꽃망울이 대담해졌다.
하얀 솜털이 민망한 꽃받침
검자줏빛 색깔이 더 선연해지고
낌새도 없이 부풀린 봉우리
초경 소녀의 젖가슴이다.

지난겨울은 잔인했다.
이웃의 감나무는 끝내
마지막 수액 한 방울
얼음으로 찾아온 사자에게 넘겨 주고
긴 풍장의 의식에 들어섰다.

아픔이 지극할수록
그 너머에서 맞는 사랑은 더욱 아름답다고
말은 쉽지만
죽기까지 이른 아픔 앞에서도 유효한
잠언이 밝혀야 할 등불은
무슨 기름으로 태워야 할까.

아직 눈은 내리고
날리는 눈발에 살갗이 시리지만
스스로 포기하지 않는 자에게만 허락하는
생명의 씨알,
올봄에는 유난히 해맑은 미소
하얀 꽃잎 앞에 설 수 있을 것 같다.

낙엽

이별은 언제나
재회의 다짐으로 장식되지만, 정작
억만 겁劫 윤회에도
같은 생에서는 다시 못 만날 줄 알아
이생의 기억들을 온몸에 새겼습니다.

너무 많이 덧칠하다가 빛깔마저 변해
붉게 물든 엽맥葉脈 하나하나에는
새들이 들려 주던 세상 이야기
매미와 풀벌레들의 노래,
석양에 앉았다 떠난 노을과
달빛에 젖은 대지의 호젓한 풍경이 있고
폭풍에 찢겨간 형체의 아픔까지
거뭇거뭇 묻어 있지만
언젠가 보았던 호랑나비의 춤만은
그 무애無礙의 날갯짓까지는 그릴 수 없어
그만두기로 했습니다.

삶이란 말이

제한된 시간의 다른 표현인 줄은 알지만
떠날 때는 늘 아쉬움이 남습니다.
그래도 이제는
못다 그린 그림일망정
여기서 멈춰야 할 것 같습니다.
다음 생生에서는
호랑나비로나 태어나길 빌며
바람 잠든 새벽녘에
호접무胡蝶舞나 한바탕 미리 추어 볼 작정입니다.

쑥부쟁이

공익근로자들이 제초작업하고 떠난 길섶
머리 잘리고 허리 꺾어진 쑥부쟁이 줄기 하나
땅바닥에 드러누워 하늘빛 우려낸
꽃 한 송이 피우고 있다.

일찍이 혼자되어
한길가 노점상 광주리 장사로 키운 외아들
도시 며느리에게 넘겨 주고
일 년에 두세 번 볼 때마다
나는 괜찮다, 나는 괜찮다 웃기만 하던
윗동네 점박이 아주머니의 미소

지금 내가 선 자리 이곳에서
할 수 있는 일 하며 사는 게 은혜라고
살아 보면 아픔도 은혜더라고 환하게 짓는
아무도 외면할 수 없는 무욕無慾 무치無恥의
저 도저한 입술의 이완弛緩.

바람소리

이른 봄 잔디밭에
제비꽃 양지꽃 봄맞이꽃
잡초랑 어울려 잘도 피어 있다.

크고 아름답다고
작고 못났다고
자랑도 비관도 없이 한들거리는
무애의 천진.

평등, 사랑, 공생, 말들은 화려한데
사람들은 정작
깔보지도 주눅 들지도 않고
낯선 만남 한번 가진 적 있었던가.

반쯤 열린 대문을 흔들어 보고
수양버들 가지에 매달려 그네를 타다가
미루나무 우듬지를 훌쩍 뛰어넘는
바람소리.
바람소리.

파도

생일날
부산을 떨 애들 피해 나선 여행길
새벽 동해 바닷가에 섰다.

어선 두어 척
일출을 뒤로하고 한가로이 떠 있는
수평선 부근 바다는 평화롭기만 한데
발밑에는 제법 높은 파도가 인다.

이 땅에 조금 더 머물고 싶었는데
너무 서둘러 떠난 탓일까,
표피만을 타고 흐를 일이 아니라 좀더
깊숙이 삼투하여 그 마음 얻지 못한
한恨 때문일까,
저토록 모래 한 줌 움켜쥐려고
안달하다 미끄러지고 물러섰다 달려드는
가련한 몸짓은.

늘 파도 타는 삶인데

이 땅의 미련이 그리 쉽게 가실 일이냐고 힐책하듯
여정을 재촉하는 등뒤로
오늘의 태양을 뱉어 내고 있는 먼 바다의 윤슬은
아름답기만 하다.

봄을 기다리며

뜰 앞 자목련
이웃 백목련보다 한 사흘 일찍 피더니
꽃샘추위 해살에 꽁꽁 얼어
가슴 열지 못하다가
지난밤 돌풍에 다 떨어지고 말았다.

봄은 언제나 배반의 계절
며칠 이른 더위 끝에 덮친
영하의 기온으로
성급했던 새싹들만 수난을 당했다.

우리의 겨울은 너무 혹독했다. 그래서
봄은 더 성마른 꿈이기도 한데
북쪽의 찬 고기압이 좀처럼
물러설 기미를 보이지 않는다.

날씨가 종잡을 수 없이 변덕스러워도
봄은 봄이다.

모닥불로 온 땅을 데울 수는 없는 일
늠늠한 가슴으로 기다리다 보면, 마침내
진달래 꽃등을 타고 춤추며 오리니,
우리들의 봄은.

용담*

지난 여름 천둥에 깨어져 쏟아진 하늘 조각
산비탈 억새 무리 속에
소복이 쌓여 있다.

얼마나 사무치는 그리움이면
송이마다 하늘 향한 청잣빛 입술
나팔 주둥이로 발돋움하고 섰을까.

해맑은 가을날 끝자락, 수풀 더미에 얼굴 가린
네 그윽한 아픔 한 가닥 엿보고 나면 이쯤에서
내 미망의 발걸음도 멈추어야 할 것 같은데

다가올 추운 겨울을 예감하고
억새밭에 꽃씨 한 알 숨기며 드리는 간절한 기도
삶은 네게도 생각보다 무거운 짐이었구나.

용담이 피면
한 번쯤 축배를 들어도 좋으리.

미완의 강복降福인 이 땅에서의 삶을 위하여.

* 용담龍膽 : 여름부터 늦가을까지 계속 꽃을 피우는 여러해살이풀. 뿌리의
  맛이 아주 쓰다 하여 '용담'이라 함. 꽃부리는 종모양의 통꽃인데, 줄기
  끝과 윗부분의 잎겨드랑이에 청자색 꽃이 위를 향해 핀다.

이른 인사

경칩날 비까지 내려
새벽잠에 빠진 대지를 들깨우는데
또 한 바퀴 그냥저냥 잘 돌아왔다고 내미는
세월의 손을 잡으면
만져지는 주름살이 내 나이만큼 거칠다.

편치 않았던 적빈의 시간들이나
이웃과 형제들 틈에서 만난 모멸과 폄훼,
가슴과 두 발 사이의 갈등마저
다 잊은 것은 아니지만,
아무래도 이생의 내 순례길은
너무 순탄했던 것 같다.

라싸*로 향하는 오체투지의 오만 리
저 티없는 웃음 앞에
멀쩡한 내 무릎이 무슨 엄살이 될 수 있을까. 아니면
처음부터 길이 달랐다는 핑계로
저만치 달아나 딴청이라도 피워야 하나.

이쯤에서 미리
내 순례의 길에 함께 했던 모두에게 두루
인사라도 해야겠다,
고마웠다고.
미안했다고.

* 라싸拉薩 : 중국 티베트자치구의 주도로 티벳인들의 순례의 성역임.

봄날, 공원에서

공원 잔디밭
이제 막 돌 지났을 아이 하나 기우뚱기우뚱 걷고 있다,
젊은 아빠와 엄마
진달래 더미 뒤로 숨어 따라가고.

넘어지면 달려가 일으켜 세우고
돌아보면 다시 숨는
엄마 아빠를 부르며
사방을 두리번거리는 아이
사뭇 불안한 표정이다.

뒤돌아보면 잘 보이는데
지금 내 옆에 계시지 않는 그분
저 강물 건널 땐 나를 업어 주셨고
가시밭길 지날 땐
품속에 안은 채 3년을 동행하셨는데, 그때는
나 혼자 걸어온 줄만 알았지.

몇 발자국 옮겨 놓다 마침내

퍼질러 앉아 울어 버리는 저 아이
엄마 아빠는 재미있어하는 표정으로 달려가고
아직도
빈 옆자리만 두리번거리고 있는 나는
어떤 표정으로 이 민망함을 얼버무려야 하나.

오늘따라 하늘은
머리 바로 위에 드리워져 있는데.

억새

뒷산 오르는 길옆
억새 한 무리
긴 목 곧추세우고 백발을 흩날린다.

좋은 계절 다 마다하고
추운 겨울에 맞서 꽃을 피우는 긍지
일찍이 억새 잎에 손이라도 베어 본 사람은
알고 있다,
함부로 근접할 수 없는 칼날 같은 지조를.

세상의 명리를 멀리하고
누구 하나 거들떠보지 않는 잡초로
젊음의 경박을 다 가신 뒤에야 꽃대를 올리는
준엄한 자기 절제.

다가서는 사람들을 피해
산으로 산으로의 둔주 끝에 무리를 이루고
꺾일지언정 굽힐 수 없다는
정상에서의 포효.

설익은 열매 몇 개로도
세상 자랑에 안달하는 세태
잡초 한 포기의 사량思量도 갖지 못한
영장들의 작태가 부끄럽다.

누구를 탓하랴.
억새 옆에서 억새를 바로보지 않고 살아온
내 부덕의 덧.

한가한 날

비 오는 창가에 앉아
창문틀 꽉 채운 화폭에 그려지고 있는
수묵화를 본다.

안개를 깨운 여름비
산들의 경계를 허물더니 마침내
모든 색채들을 지워 버린 다음
담묵빛 붓질만 반복하고 있다.

가장 단순한 구도로 절제된 화폭에는
지붕 밑으로 숨어든 찌르륵찌르륵
풀벌레 소리 담기고
생즙을 짜는 비릿한 풀내음 덧칠해지는데,

평소보다 한결 얌전해진 지붕이
어깨동무하고 있는 집들 사이로
아낙네들 종종걸음 부산스럽고
개들은 문간에 앉아
게으른 눈동자만 굴리고 있다.

어느덧 화폭 속의 그림이 된 나는, 불쑥
현관에 들어서며 우산이라도 접어 터는
오래 전 벗이라도 올 것만 같아
찻물이 식는 줄도 모르고
대문만 바라보고 있다.

폭설을 꿈꾸며

눈이 내린다.
곳곳에 길이 끊어지고
하늘길도 막혔다. 이왕이면
한 열흘 더 내려
현관문 열 수도 없고
제설작업 못한 일
누구 탓할 여지마저 없이, 그래서
으스대던 사람 제 작은 모습도 보고
혼자서 잘난 사람
사람 그리운 줄 알고, 정작
주고받아야 할 게 무엇인지 챙기면서
세상이 내게만 가혹했던 게 아니었다고
용서하고 화해하며
일순간 펼쳐진 백지 위에
원융圓融한 그림 하나 그리고 싶다.

눈이 내린다.
산과 들을 덮고
시궁창 물길도 묻어 버릴 듯

폭설이 내린다. 내친 김에
세종시도 묻고
4대강도 묻고
조국과 민족을 위한다는
저 허구의 입들도 묻어 버릴 만큼
열흘이고 보름이고 속 시원히
터졌으면 싶다,
하늘이.
폭설이.

계절의 길목에서

한낮 더위는 여전히 한여름인데
처서 지난 들녘은
조락의 기미 완연하고,

제초작업한 지 얼마 되지 않은 정원에서
뒤따라 돋아나오는 잡초들
잎보다 줄기를 먼저 올리고 서둘러
씨앗 맺어 가고 있는 모습이 사뭇 자닝스럽다.

잡초들은 진작 알고 있었던 게다.
이 땅에 머물 시간이 얼마 남지 않았다는 것을.
그래서 저렇게 분수를 넘어서까지
씨앗 한 알 남기고 갈 욕심,
갖은 안간힘을 다하고 있는 거다.

시대의 징조에 둔감하기로야
사람보다 더한 존재가 있을까만
내 삶의 겨울날
쭉정이 밤톨 하나만한 열매라도 들고 가서

빈손은 아니라고 강변할 여유,
장담할 일은 아닌 것 같다.

해 넘어가자 바람이 싸늘한데
거두어야 할 열매는 보이지 않고
무디어 가는 무릎 관절이 뜬금없이
욱신거린다.

때時

단풍든 잎은 낙엽이 된다.
간혹 이 평범한 진리를 거부하는 몇몇 나뭇잎들은
퇴색된 그대로 솜뭉치처럼 오그라든 채
혹독한 겨울 바람에도 한사코 손을 놓지 않다가
봄이 오면 비로소
돋아나는 새순에 떠밀려
마지못해 흙으로 돌아간다.
거룩해야 할 이 풍장 의식이 뜻밖에
추하고 억지스러운 것은
하늘이 명한 시간에의 배역 탓일까.
곳곳에 낙엽이 되지 못한
사람 사람들
창 밖에는 무서리 내리고
바람이 차다.

2부

동화리일기 21
— 올챙이

이른 봄부터 노박혀 있던 가뭄이
마당가 연못을 말려 버렸다.

한 양동이 물이나 될까 작은 웅덩이
가득한 올챙이
이틀만 지나면 장마라는데 오늘 하루나마
불볕의 저 성마른 심통을 견뎌낼 수 있을까
생각다 못해
마을 앞 큰 개울로 강제 이주를 시켰다.

한 번이면 족할 줄 알았는데
두어 되들이 플라스틱 통이 넘쳐
세 번이나 다녀오는 사이, 그 틈에도
무자수 한 마리 수고도 않고 유유히
풍성한 식단을 즐기다
방해하는 내가 원망스러운 듯
고개 들어 잠시 노려보더니 느릿느릿
산 쪽으로 사라진다.

온 세상이 가뭄 타령이다. 정오 뉴스는,
일가족 동반 자살을 전하고
손놓고 있는 장사꾼들 주름살 비쳐 주다
저소득층 울린 금융 사기꾼들 이야기로 접어든다.

장마전선은 북상 중이라는데
하늘은 유난히
청청하기만 하다.

동화리일기 22
— 어리연

말라 가는 연못 바닥에 착 달라붙어 피던
어리연꽃
장마져 넘실대는 물 속에 꽃은 보이지 않고
자맥질하는 연잎들뿐이다.

잦아드는 수위에 맞춰
키까지 낮추어 가며 피던 꽃들
한꺼번에 쏟아진 빗물에
질식하고 말았다.

한편에서는 서둘러 발돋움하고 있는 연잎들
내일이면 수면 가득 채우고 여기저기
노란 어리연꽃 손을 들어 "여기요! 여기요!"
살아남은 기쁨을 전하리라.

두어 자 물길의 잦아듦과 범람 사이
그 간극만한 크기
생명은 그렇게 스스로의 질량을 가늠하고 있었다.

동화리일기 23
― 나뭇잎 한 장

산길을 걷다 무심코 따 버린
떡갈나무 싱싱한 이파리 한 장

만세전 단지斷指한 손가락이 피를 흘린다.
아승기겁阿僧祇劫 후생의 내가 절룩거린다.

지구가 잠시
숨을 고른다.

동화리일기 24

— 격格

목련꽃이 피었다,
백목련은 백목련으로
자목련은 자목련으로.

일흔 해 삶의 숙련에도
겉모습만으로 알 수 없는 사람의 색깔

내 몫은 아닌 게야, 아마도
색깔 분별하는 일.

동화리일기 25
― 어느 날 저녁

며느리는
회수 불능의 투자라며 웃고
아내는
슬그머니 다가와 검버섯 피기 시작한
내 손등을 쓰다듬으며
고맙다 고맙다 눈시울을 붉힌다.

먼데 있는 친구 떠났다는 소식 듣고
아들 시켜
조의금 송금한 날 저녁.

동화리일기 26
— 세월

아버님 기일
제수상 장만하러 찾아간 재래 시장
거기 있었다,
내 어린 꿈. 보다
풍만했던 아버지의 꿈.

노점상 좌판 위
세월과 함께 말라 쪼그라든
대추 한 사발.

동화리일기 27

— 모기

간밤
잠을 설치게 한 모기
피 몇 점 탐한 죄를 물어
가스실로 보내 버렸다.

일용할 양식을 찾아
열심히 산 죄밖에 없다고 잉잉거리는
저 항변들,
목숨값을 다는 수평 저울의 축은 언제나
내 쪽으로만 기울까.

이미 북어가 되어 버린 팔다리, 퀭한 눈의
아프리카, 혹은 북쪽 어린이
G20 정상들이 높이 쳐든 건배의 술잔,

온갖 잡동사니 담아 놓은
시꺼먼 비닐봉지 같은 평등이란 말만큼
사람은 모두 평등하고
이 땅의 모든 생명 다같이 소중하다고

나는 나를 설득하는 중이다.

새벽 바람이 제법 서늘해졌다.
생명의 그림에 채색을 바꾸는 계절의 틈새로
오늘은 온종일
편서풍이 불고 있다.

동화리일기 28
— 좌우左右

좌左는 언제나 아름답고
모든 우右는 위대하다.

내 귀는 왼쪽에 하나 오른쪽에 하나
눈은 둘 다 앞만 본다.

사랑은 양팔로 하고
두 다리는 한 번도 서로
배반한 일이 없다.

먹고 마시고 배설하며, 오늘도 나는
걸어다닌다,
한 몸으로.

동화리일기 29
— 상흔

내 몸은 몇 군데
부러지고, 찢어지고, 벗겨졌던 사연들을
기록하고 있다.

아팠던 강도強度만큼 선명한 기억
기억만큼
입가에 오래 머무는 웃음

바보처럼, 정말 바보처럼
웃었던 순간보다 더 행복하게 하는
아픔의 기록들.

동화리일기 30
― 동전

세살배기 손주놈은
오백원짜리 동전밖에 모른다.
오만원권 지폐를 주어도 던져 버리고
동전만 달라고 졸라댄다.
백 배나 더 좋은 것이라고 설득해도
제 고집만 부린다.
바보라고 놀려대다 문득
70년 한결같이 좇아온 것들이
오백 원짜리 동전만도 못한 것 같아 내가 외려
손주놈보다 바보라는 생각이 든다.
머쓱해하는 할아비 마음 눈치라도 챈 것일까, 달려온
손주를 껴안는 눈에
해맑은 하늘이 눈부시다.

동화리일기 31
― 새소리

비릿한 사람들의 소식이
외진 산촌까지 가득하다.
누구나 알 만한 근엄한 이름에서부터
한 번도 듣지 못한 생소한 이름까지
민망한 소리들이 끊이지 않는다.

산촌의 하루는
새들이 길을 연다.
간밤 소식 물고 와서
새벽부터 재잘재잘 단잠 깨우고
휘파람 불다가
"끄윽, 끄윽" 분노인지 훈계인지 모를
절규를 쏟아 내는가 하면
"홀딱 벗고, 홀딱 벗고" 경박하게 우는
새소리.

새들도 가끔은
사람들 속내를 비웃듯
민망한 노래를 부른다.

동화리일기 32
— 복제 동물 코요테

얼마 동안 잠잠하던 복제 동물 이야기
복제된 코요테 몇 마리가
뉴스를 탔다.

시장에 가면 가끔
유전자 조작 옥수수, 콩들을 만나고
병원마다, 생명은
하늘의 전유물이 아니라고
현란한 수사의 홍보물이 넘쳐난다.

참 좋은 세상이다. 그런데,

아버지의 침실에 너무 깊이 들어간 아들
사람들은 그를
저주받은 아들이라 했다.

저주받은 아들.

동화리일기 33

― 홍수

몇 시간 길이 막혔다.
큰비에 도로가 반쯤 파여 나가고
산사태가 앞길을 덮어 버렸다.

해마다 반복되는
물길의 반란, 어김없이
사람들이 막고, 자르고, 돌린 지점들이다.

지구촌 이곳저곳
시위대의 격렬한 저항
사람도 길을 막으면 홍수가 된다.

너와 나 사이에 물꼬를 트는 일
멀리서 지켜보면 손쉬운 일 같다가도
다가서면 단단한 암벽뿐

물길 하나 트기 위해, 오죽하면
하나님이 사람이 되어
이 땅을 찾았을까.

동화리일기 34
— 집짓기

평생 연봉으로도
집 한 채 살 수 없는,
살집 장만이 어려워
마흔 살 넘도록
젊은이들 결혼도 미루는 세태.
관공서는 호화 청사로 구설수에 오르고
큰 예배당 짓는 일이 신앙심 척도가 되어 버린
교회들,
산중의 사찰마저
시주들 이름으로 회칠한 기왓장을 쌓아 놓고
불사에 여념이 없다.

솔로몬이
진시황이
대원군이
집 짓다가 망했다는데.

집 짓다가 망했다는데.

동화리일기 35
— 고갯길

한나절
산길을 걸어왔다,
뙤약볕 아래 그늘 지어 줄 큰 나무 하나 없는
군데군데 보득솔뿐인
너덜겅 버덩 지나.

돌아가라면 이젠 그만
주저앉고 싶은
고갯길

되돌아보니
산딸기 몇 알 즐기던 시간보다
가시에 찔린 선연한 핏자국이 더욱
따뜻하다.

어쩌면
멀찍이 저 들판 독메 하나 넘으면, 그 언저리가
내 마지막 멈출 자리 될 듯도 한데
다가갈수록

외롭다.

동화리일기 36
— 고향

"그립더냐" 묻기에
"그랬던 것 같다" 대답하고
"좋으냐" 하기에
그냥 웃었지.
떠날 때 섭섭한 얼굴이나
다시 찾던 날 반기는 표정 한번 없던
동구 안 굽도는 고샅길이, 왜
설움 겨운 저녁이면 찾아와서는
밤새 이불 밑만 들쑤시는가.

동화리일기 37
― 운 좋은 날

정원에 자생하는 어린 소나무
올곧은 기세가 부럽고
연약한 듯 강인한 푸름이 미뻐서
산책할 때마다 다가가
시간 가는 줄 모르고 마주앉아 있곤 하는데
볼 때마다 한 치씩은 자라는 것 같다.

살면서
이런저런 이유로 사람들 만나다 보면
사람을 만나는 일도 참 지루한 일이구나
만나면 만날수록 작아지는 사람들
감추어도 번져 나오는
가식과 위선, 포장될 수 없는 속기俗氣가
짧은 시간을 길게 할 때가 많은데,

어쩌다 가끔
많은 말이 없어도
세상 이야기 다 나눈 듯 속 시원한
소나무 닮은 사람 만나

오늘은 참 운 좋은 날이었다고
일기장에 기쁜 소식 옮길 때도 있지만,

그런데 나는 지금껏
누구에게 무슨 소나무가 되어 주었을까.
지금부터라도
모든 사람에게 운 좋은 날을 선사할
소나무가 되는 꿈
백일몽이라도 재촉할 일이다.

동화리일기 38
— 행복

동네 어귀에 병원이 들어서고부터
마을 안길에서 재활 훈련하는
입원 환자들을 자주 만난다.

보호자의 부축을 받기도 하고
염려스러운 시선 속에서
돌맞이 어린아이 걸음이듯 뒤뚱뒤뚱
간신히 몇 걸음 옮기다가 멈추어서기노 하는네
오늘은 저 산자락까지 갔다 왔다고
혼자서도 얼마쯤 걸을 수 있었다고
칭찬도 하고 자랑도 하다가 마침내
얼싸안고 기쁨의 눈물까지 흘리는 모습
드물지 않게 보는 행복의 정경이다.

그래, 일어서고 걷는 일이
삶의 전부인 사람들도 있었구나.
저 서툰 걸음걸음
고통이 아니라 기쁨이었구나.
가진 게 너무 많아

정말 소중한 것은 모두 버려 두고
갖지 못한 하찮은 것 하나 때문에 안달하는
뭇 영혼
재활 훈련이 필요한 건 외려 이쪽이었구나.

제 덕에 살고 있으면서 여태껏
고맙다는 말 한 마디 없는 내가 섭섭했던지
석양은 구름을 불러 얼굴 가린 채
산을 넘고 있다.

동화리일기 39
― 이름

집 뒷산 등산로 길섶
삭도削刀도 대지 않고
허연 머리 삭발하고 있는
꽃 한 송이

이름이 없으니
근심도 없겠구나.

동화리일기 40
— 행복

후배 아들 결혼식 주례사 도중
신랑 신부 마주 세워 놓고
큰 소리로 복창을 시켰다
— 내가 당신의 행복이다
— 당신이 나의 행복이다

주변 사람들 하나둘 떠나고
시꺼멓던 욕망이 하얗게 바래어서야 겨우
내 것이 된 이 한 마디
피 끓는 신랑 신부가 얼마 동안이나
기억하고 있을까

내 옆에 있는 이 사람,
이 사람이 바로 행복인 줄을.

동화리일기 41
— 돈

쓰고 가라고 주었는데
모으고 쌓다가
외려 종노릇하게 되는
괴물

알면서도
꼬깃꼬깃 안주머니부터 찾는
만세萬世 유전流轉의
이 숙습宿習.

동화리일기 42
— 어느 날 저녁 무렵

홍 서방
문 밖에서 왜 서성거리고 있는가

쉰 살 고개 넘기 하도 힘들어
한 잔 하다 보니 괜히
주변 사람 모두에게
미안스러워서요
나 혼자만 힘들다고 투정했는데
남들도 모두 그렇게 넘는다네요.

동화리 굽은 길 위로
석양이 붉다.

동화리일기 43
— 하늘 소리

5일장 노점
콩나물 파는 할머니 옆에서
한나절을 보냈다.

3천 원에 한 움큼
2천 원에도 한 움큼
가난한 듯하면 한 움큼 더 얹어 주고
아는 얼굴 만나면 또 한 움큼
콩나물만 파는 것이 아니라
마음을 얹어 팔고 있는 할머니

돌아와 잠자리에 들기 전
이것저것 더 달라고 졸라대며 드리는
기도 중 느닷없이 끼어드는
할머니 목소리

— 그만함 많이 준 거여.

동화리일기 44
— 생일

어머니는 오늘도
산통産痛이신가.

산産달이면 시름시름
몸살 앓으시던 어머니

한 줌 재 되어 던져진 풀숲
지표면이 들썩인다.

어머니는 끊임없이 나를 낳으시고
나는 날마다 생일을 맞고.

동화리일기 45
— 이름 없는 것들

바람은 아직도 겨울이라 고집하고
개울은 성급하게
올챙이 부화를 시작했다.

언 땅을 헤집고
한철 살림을 차리고 있는
파란 새싹들

오늘 아침
새벽 장터에서 만난
노점상의 활기찬 호객 소리

세상의 주인은 아마도
그들인 것 같다.

이름 없는 것들.

3부

적跡, 적迹, 그리고 적寂 1
— 이름

딱따구리가 글을 배운다면,
제 이름 쓸 줄 안다면
세상 나무들은 어떻게 되었을까

금강산
비로봉 오르는 계곡
너럭바위마다 빈틈없이 채운 이름들,
시인 묵객으로부터 저 혼자만 알고 간 이름까지
더러는 명필의 묵적으로
때로는 서툰 끌질로 어지럽게 새겨지다가
드디어 산정에는
살아서 신이 되어 버린 어떤 부자父子의 이름이
천 리쯤 떨어져서도 보일 만큼 붉게 채색된 채
위용도 당당하게 각인되어 있다.

사람 한평생이
이름 남기는 일이라고
누구는 재물 위에 이름 새기고
누구는 권력 위에 이름표 붙이지만

후인의 가슴에 새겨지는 이름은
그리 많지 않은 것 같은데,

딱따구리는 일용할 양식을 얻으려
나무에 구멍을 내고
사람들은 제 이름 새기느라 통째로
세상에 구멍을 내고 있다.

적跡, 적迹, 그리고 적寂 2
— 황사

황토색 물방울무늬그림이
현란하다.

귓갓길에 잠시
능장부리는 봄눈 만난 일밖에 없는데
아침에 설치된 기막힌
걸개 그림

순백하던 눈발도 물기 가시면
한 점 황토뿐
내 몸에 물 마르면 나는 어떤 흙으로 남을까.

거리를 활보하는 당당한 저 보폭
책이다 영상물이다 넘쳐나는
하나같이 참되고 착하고 아름다운 말, 말, 말들
촉촉한 저 물기 말라도
본래의 모습 짐작할 수 있을까.

황사로 더럽혀진 차를 닦다가 문득

세상에 남는 것은 다 거짓일 것 같은,
세상에 존재하는 것은 모두
허상일 거라는, 부질없는 생각.

황사 자국을 지운다.

적跡, 적迹, 그리고 적寂 3
― 상흔

욕탕 밖으로 나와
몸을 말리는 동안 새삼스레
알몸을 본다.

손등의 희미한 상처는
세 살 때 입은 화상이라 들었고
무릎에 깊이 파인 흉터는
여덟 살 만용의 담장에서 추락한 흔적
서른 살 충수염
마흔일곱 경추헤르니아
어제 아침 면도날에 입은 상흔까지
눈에 보이는 것은 더 이상
아픔이 아니다.

그런데 아직도 가끔씩 따끔거리는 상처
가진 것 없다고, 못 배웠다고 멸시하고
지위가 낮다고 무시하고
객지놈이라 찔러대고
건방지다, 비굴하다, 미련하다, 성급하다…

수없이 찢긴 내 안의 상흔, 그대로는 너무 처참해서
눈으로는 볼 수 없게 꼭꼭
숨겨 둔 것일까.

여섯 자 담장 위에 올려놓고 용감하다고 부추기던
이웃집 형들은
어른들 손에 이끌려 용서를 빌었지만
그보다 더 아프게 찌른 이웃들은
보이지 않는 상처 덕에 목례 한 번이 없는데
한 올 가책도 반성도 남기지 않고
칼이 되고 창이 된 내가 올리는 기도는
어느 하늘쯤 떠돌고 있을까.

탈의실을 오가는 벌거숭이들의 온몸이 오늘따라
상처투성이로 보여
채 마르지도 않은 몸에
서둘러 옷 걸치고
자리를 뜬다.

적跡, 적迹, 그리고 적寂 4
— 물소리

치악산 구룡사 계곡
세상의 모든 소리를 추상하여, 홀로
입도 없이 내뱉는 물소리
바닥에 제멋대로 퍼질러 앉은
작은 돌멩이 하나 거스르지 않고
팔다리를 휘젓는 요란한 몸짓도 없이 잠행하는
맹목의 하강, 다만 ㄱ뿐인데
만뢰萬籟를 통섭하는 저 소리는 어디에서 오는 것일까.
메마른 대지가 물 한 모금 들이켜고 내쉬는
일상의 숨소리는 아닐까.
얼마쯤 떨어져 귀 기울이면
입 많고 몸짓 요란한 세상의 소리도
한 음색으로 수렴되어 들릴 듯도 한데
예사로운 말 한 마디 몸짓 하나가
이 땅의 숨소리라면
너무 거칠지도 숨차지도 않는, 맑고 고운
그런 숨소리였으면 좋겠다.

적跡, 적迹, 그리고 적寂 5
— 소나기

소나기 한 줄기
잰걸음으로 강을 건너가고
서두는 발길에 긁힌 강둑의 맨살에서는
검붉은 핏물이 배어나온다.

질주하는 것은 늘
그랬다고
펀펀한 강물 위에 한 바탕
춤판이나 벌리다가 가면 그만인데
알몸으로 벗은 강둑이 보이겠냐고
느린 것들은 느린 것끼리
낮은 것들은 낮은 것끼리
보듬어 주고 어루만져 주는 법이라고
강물이 언제 한 번
하늘 대고 팔뚝질이라도 하더냐고

위로인지 독백인지 모를 몸짓으로
흐르는 핏물을 받아
가슴 깊숙이 묻어 주면서

후줄근히 난타 당하던 강물이
강둑을 달래고 있다.

적跡, 적迹, 그리고 적寂 6
— 멍자국

손톱을 깎는다.
한 손으로 문을 닫다 문틈에 끼어
시퍼렇게 물든 손톱의 멍자국
석 달이 지나서야 말끔히 깎아 낸다.
나도 모르게 터져나오던 비명의 아픔
남들 앞에 들켜 버린 칠칠치 못한 내 모습을
마침내 지워 버린다.
그 자국 사라지는 순간
아픔의 기억마저 백지로 남는데
보이지 않는 멍자국들은 잘 지워지지 않아
세월을 넘어 문득문득
가슴 찌르는 칼끝으로 되살아난다.
아홉 살 외가에서
어머니의 눈물이 되었던 외숙모의 화살에서부터
이유도 없는 모욕과 억울함을 지나
다시는 되풀이하고 싶지 않은 실수들까지
가슴엔 온통 보이지 않는 멍자국들이다.
손톱을 깎을 때마다
깎여나가는 손톱 길이만큼씩이라도

가슴속 멍자국까지 지워 달라고
우러러 드리는 기도가 되레
아프다.

적跡, 적迹, 그리고 적寂 7
— 돌개구멍*

영월군 수주면 무릉리
요선정邀僊亭* 아래
제멋대로 퍼드러져 누운 주천강 바닥
멀리서 보면
고치 짓기 직전의 누에 몇 마리
엉겨 뒹굴고
가까이 가면
하얀 화강암 너럭바위 여기저기에
크고 작은 돌개구멍들이
흐르던 강물을 머금고 있다.
선녀들이 내려와 목욕하던 자리인가
구멍마다 주천酒泉*의 술이라도 채워
신선놀음이라도 해 보고 싶은 마음인데
사람의 한 생애로는 감당할 수 없는
긴 세월이 다듬어 놓은 저 정교함
배치나 구도 흠잡을 데 없다.
사람도 세상의 소용돌이 속에 닳아지면
이처럼 아름다운 모습 보일 수 있을까
내 안에 모래 몇 알 집어넣고

와류渦流라도 불러야 할 모양이다.

* 돌개구멍pothole : 하상암반의 오목한 곳이나 깨진 곳에 와류渦流가
  생기면, 그 에너지에 의해 생성된 원통형의 깊은 구멍.
* 요선정 : 조선 중기의 명필 양사언이 이곳 경치에 반해 『신선이 놀고 간
  자리』라는 뜻의 요선邀僊이란 이름을 붙인 데서 비롯된 정자
* 주천 : 영월군 주천면 지명의 유래이기도 한, 신분에 따라서 양반이 가면
  약주가 나오고 상놈이 가면 막걸리가 저절로 나왔다는 전설 속의 샘.

적跡, 적迹, 그리고 적寂 8
— 묘지

뒷산
등산로 중턱
자그마한 풀무덤 하나
자세히 보면 군데군데
다듬은 석물들 흩어져 무덤인 줄 알겠는데
묵은 지 오래되어
정수리에는 떡갈나무가 늙어 가고 있다.

몇 해 전 겨울 산행에서 본 태백산 주목
죽어서도 천년을 간다는 그 주목의 풍장 앞에
주검도 이렇게 아름다울 수가 있구나.
이렇듯 다들 예사롭게 돌아가는데
사람들만 애써 주검을 거두고 있구나.
살아서 못다한 땅싸움
죽어서도 못 버리는구나.
천제단天帝壇 위에 내 몸 벗어 두고 온 줄 알았는데 새삼
묵은 무덤의 주인이 궁금하다.

누구의 허락으로 사람들은

이 땅의 주인이 되어 지번을 매기고
등기부에 제 이름을 새길까.
뒷산 작은 동굴 속, 이 밤에
고라니 한 마리 열반에 들고 있겠다.

적跡, 적迹, 그리고 적寂 9
— 계영배戒盈杯*

조선 후기의 거상 임상옥이
늘 곁에 두고 지냈다는 술잔
어느 정치인의 선물로 화제가 된 일이 있지.
어디 술잔뿐이랴, 사람도
재물이거나
지위거나
힘이라거나
너무 많이 채우려들다가
모두 잃어버리는 모습들, 흔히 보는 일이지.
멈추라고, 버릴 줄 알라고
하늘이 예정한 술잔
그 술잔이 바로 사람이라는 걸 모르고
너무 많이 채우려다가 죄다 흘려 버린
계영배
하루에도 몇 번이고
보고 듣는
뉴스 속의 저 술잔들.

* 계영배戒盈杯 : '가득 참을 경계하는 잔'이라는 뜻으로, 과음을 경계하기
  위해 술이 일정 이상 차오르면 술이 모두 새어나가도록 만든 잔으로
  절주배節酒杯라고도 불린다.

적跡, 적迹, 그리고 적寂 10
— 연밥

경상남도 함안군 괴산리 성산산성·퇴적층
깊숙한 토층 속
7백 년 잠자던 연밥을 깨워
고려 적 연분홍, 그 순수를 꽃피웠다고 한다. 이미
공간의 장벽을 허물고
시간의 여울마저 건넌 이 시대의 사람들
오래된 화석에서
멸종된 동식물의 재생을 꿈꾸고 있다. 머지않아
서울대공원 동물원에서
백악기 공룡을 만날 수도 있을 법한데
죽음은 또 다른 생명의 변양變樣일 뿐
소멸이 아님을 생각한다.
줄기세포 몇 가닥으로 복제될 수 있는
지금의 나는,
내 안에 있는 무수한 생명의 원형 중
어느 나일까.
나무가 되고 풀이 되고
벌레일 수도
나방일 수도 있는 작은 씨알, 우연히

사람의 모습으로 여기 온 것은 아닐까.
무심코 걷어찬 돌멩이가 수천 년 전
내 생명이 몸담았던 영혼의 집인 것 같아
되짚어 길섶을 다 뒤져도
끝내 찾지 못하고 빈손으로
돌아선다.

적跡, 적迹, 그리고 적寂 11
— 감국

산비탈 가득
감국이 피었다.

무리를 이룬 꽃대들
서로를 의지하며 사이좋게
올망졸망 무수한 꽃송이를 자랑하는 언저리
군데군데 웃자란 꽃대
제 머리의 무게를 이기지 못해
땅바닥에 쓰러져 있다.

꽃도 무거우면 힘이 들지
꽃송이 욕심도 지나치면 몸을 상하고,
당당히 서 있는 일은
꽃들도 힘에 겹구나.

따온 감국을 다듬고 있는 거실 한켠
인사 청문회에서 낙마한 사람의 이야기로
정오 뉴스 시간을 채워 가고 있다.

하늘이 맑다.

적跡, 적迹, 그리고 적寂 12
— 사마귀

거실 바깥문 방충망에
사마귀 암컷 한 마리
하늘을 응시한 자세로 열반에 들었다.

이웃집 머슴놈하고 눈이 맞아
올망졸망 어린것들, 젖먹이까지 버려 두고
도망쳐 나온 전생의 업보일까.
제 짝인 수컷까지 포식捕食한 힘으로
집 앞 오동나무 가지 사이에 알을 슬고
남은 힘 다해 알집을 짓더니
태어날 생명을 위한 마지막 기구이듯
그 탐욕의 가시돋기 앞다리로, 한사코
가는 철망을 부여잡고 있다.

내년 봄에나 태어날 새끼들,
당장 눈앞에라도 나타나면
남김없이 먹어치울 어미에게 무슨
지극한 사랑 있어
목숨 바쳐 가며 알집까지 지었을까.

저도 모르는 우주의 질서대로
아등바등 버둥대온 한 뉘 삶의 무거리가, 다만
생명을 전수하는 일뿐이라면
허망할 만도 한데, 둘러 보면
사람 빼고는
삼라만상이 한가지다.

제 한 몸 편히 살자고
애도 낳지 않는 세태
생명을 이어갈 본분은 잊어버리고
헛된 탐욕의 성만 쌓아 가는 사람들 앞에
저 섬뜩한, 그러나 당당한 사세辭世의 자세가
부럽기까지 하다.

적跡, 적迹, 그리고 적寂 13
— 부부 미라

키 167.7센티미터, 턱수염과 콧수염이 발달한 외모의
15세기 전반을 살던 사대부 출신의 사내, 한두 살 연상
인 부인과 소나무, 참나무, 팽나무 둘러싸고 국화, 부들
꽃들이 피어 경치 좋은 곳에 살면서, 육류와 채소로 균
형 잡힌 식사를 하고, 하인들이 잡아온 민물고기 날로
먹다가 간흡충, 편충의 숙주가 되기도 하면서 마침내 각
혈 심한 중증 폐질환 끝에 마흔두 살쯤 나이로 저세상에
간 사내, 10년쯤 뒤 부인마저 데리고 갔으면서도, 이 세
상의 미련을 떨치지 못해 흙으로 돌아가지 않고 미라가
되어 버린 부부의 삶, 해장국이라도 끓이려는 아낙이 북
어 살을 찢어 발리듯 6백 년 후생이 낱낱이 밝혀 냈다.

다시 6백 년쯤 뒤, 미라가 된 내 몸에서나 아니면 같은
시대를 살고 있는 어느 누구, 또는 처음부터 방부 처리
해 미라로 만들어 둔 위대한 수령의 몸에서, 한 시대의
탐욕과 편 가르기와 거짓과 위선의 함량도 적출하고 계
량화할 수 있지 않을까. 어젯밤 성가시다며 딴방에 이부
자리를 펴던 늙은 아내에게 화를 낸 내 속셈도 고스란히
만보기의 숫자만큼 선명하게 재현되면 어쩌나 지레 조
바심이 든다.

적跡, 적迹, 그리고 적寂 14
— 헌 신문지

헌 신문지가 비에 젖는다.
공원 장의자 한켠
하고 싶었던 말도 다 읽히지 못하고
무엇인가의 덮개가 되었다가
포장지로 접힌 자국 그대로
비를 맞고 있다.

덥지도 춥지도 않은 초가을 저녁답
늦장마 틈새로 얼굴 내민 해 따라 나왔다가
웃비 만난 이웃집 김씨
일곱 남매 잘 키워 제몫들 잘 하고 있다고
입만 열면 아들딸 자랑인 김 노인이 황급히
웃비 피해 들어간 느티나무 아래에서
비 맞은 헌 신문지로
후줄근히 젖어 있다.

하늘은 온 세상을 포장하는 중이다. 차라리
아무 소리도 없는 편이 나을 거라고
새들도 재갈을 먹였다.

아무것도
바뀐 건 없다.

4 부

거기

제대로 깎이지 않은 턱수염에 손이 자주 간다.
소매 깃에 묻은 커피 자국에도 자꾸만 눈길이 머문다.

유심히 보는 사람은 아무도 없다.

세상은 늘 거기 있었다,
내 가슴이 머무는 거기.

미안하다

작은 새 한 마리 폴짝폴짝
서너 걸음 앞서가며 이끄는 가을 들길
길섶에는 쑥부쟁이 감국이랑 함께 어울려
이름 모를 작은 꽃들
억새 틈으로 목을 뽑아
"나 여기 있다"
"나도 예서 꽃피웠다"
무리지어 시위를 하고 있다.

그러고 보니 여태
너희들 이름도 모르고 살았구나.
무슨 새, 아무 꽃
이름 불러
예쁘단 칭찬 한 번 못해 주었구나.

걸어온 길 아득한데
옷깃을 스친 수많은 이름들
기억해 주지도, 불러 주지도 못하고
늘 내 이름 지워지는 것만 섭섭해

땅만 보며 걸어왔구나.

마침내 이름 위에
쓸쓸한 관사 하나 덧붙게 되는 날
내가 이 땅에 남길 말은, 단지
이 말 한 마디뿐일 것 같다.
미안하다.
미안하다.

감기

새벽 한기 뒤따라
열린 창문 넘어 무혈입성無血入城한 감기
한여름에 콜록거리며 다니기가
남들 보기에 민망하다.

싸늘한 세상 바람 덧에
수십 년 해소咳嗽로 앓아 온 내 영혼의 감기
그 기침 소리 들리지 않아
아무도 눈치채지 못하는데
나처럼 고질로 앓고 있을 사람들 늘 만나면서
그들의 기침 소리 들을 귀는 내게도 없다.

진정을 실어 보내는 작은 미소,
미세한 신음 소리도 놓치지 않을 큰 귀,
다정하게 잡아 주는 따뜻한 손길 하나하나에
세상 온도 눈금은 몇 도씩 올라갈 것 같은데
단순한 소망으로만 그칠 수 없는 화두,
또 다른 지구 온난화로 꿈꾸어 보는
감기 없는 세상.

며칠째 잠까지 방해하며 터져 나오는
혹독한 기침에 시달린 가슴이 무척 쓰리고
아프다.

소문

바람보다 먼저 온 바람소리
바람의 사생아 두셋 낳는 사이
뒤좇아온 바람은 더 이상
바람이 아니다.

언제나 바람보다 바람소리는 앞서 가고
가는 곳마다 웬 헛바람 천지냐고 투덜대며
서둘러 바람소리를 좇는
바람.

기적

천지가 불인(不仁)한 탓일까
이 땅 구석구석에
전쟁과 기근의 소문이 끊임없이 들려오고
한편에서는
정의의 이름표를 단 폭력과 협잡이
건강한 육체에 건전한 정신이 깃든다며
구호도 요란히게 새벽부터 뜀박질을 하고
입 다문 양심들은
잦아드는 몸피만큼 가라앉고 있다.

평화를 원하는데
힘이 평화라고 우기는 힘센 자의 손에서
총칼 한 자루 뺏을 힘 우리들에겐 없고
나누고 베풀기를 바라는데
들여쌓기만 하는 저 거대한 창고의 자물쇠는
처음부터 열쇠가 없다.

비만은 죄악이라고
사랑도 다이어트하다가 알맹이 다 빠진 채

이름만 남아, 가는 데마다 나풀거리는 세상.
말하면 무엇 하랴.
이 작은 가슴속에서도
미움 한 톨 뱉어 내기가, 욕심 한 가닥 뽑아 내기가
말처럼 쉽지 않은데
남의 말만 하고 있을 처지는 아닌 것 같다.

제가 해도 못할 일 그 소원의 우듬지
그게 소망이고, 그 바람[願望] 어쩌다
눈앞에 갑자기 나타나는 게 기적이라면
전쟁과 기근이 없고
공평과 정의가 어깨동무하는 세상,
천지개벽할 그 기적 한 번 보고 싶다.

골다공증

골밀도 측정을 위해 검사대에 누워
내 몸을 해석하는
기계음의 단조로운 소리를 듣고 있다.

채 반시간도 되기 전에
내 몸은 몇 개의 수치로 독파되고, 나는
그 수치數値 앞에 무릎을 꿇게 되겠지.

살다 보면 뼈에 구멍도 생기고
이것저것 좋다는 것 먹다 보면
그 구멍 채워지기도 하겠지만
내 영혼의 공동은 어떻게 측정하고
무엇으로 채워나갈까.

시간마다 고해 성사를 해도
다 들추어 낼 수 없는 빈틈들
수치로 계량할 수 있는 기계라도 있다면
검사대 위에 자진해 드러누울 사람
있을 것 같지 않은데,

내 영혼의 지수를 알고 계시는
유일하신 그분 앞에 차라리
수치數値 같은 건 몰라도 좋으니
비밀한 중에 고쳐 달라 기도할 수밖에.

빛

곧잘 청소도 하고
깨끗하다고 믿었던 거실,
문틈으로 들어온 아침 햇살에 비친 바닥은
온통 먼지투성이다.

평소에는 잘 보이지 않다가
빛 앞에서 비로소 드러나는 먼지,
사람 사는 도리가
물 뿌리고 비로 쓰는 일부터라는데
아직도 많이 모자라는 모양이다.

예수의 빛, 석가의 빛, 공자의 빛…,
그 앞에 서면
비뚤비뚤 걸어온 발자국이 보이고
온몸에 더께진 때가 보이고
가슴의 공동空洞이 보인다.

날마다 기도하고
회개도 하지만,

빛으로 드러난 먼지는
빛 안에서 씻을 수밖에 다른 길이 없어
아침부터 빈 하늘만 바라보고 있다.

근시

오랜 근시의 버릇
안경 벗고 책 속에 들어갔다 나와
벗어 둔 안경을 찾아 수선떠는 일이 흔하다.

침침한 눈으로 안경을 찾는 답답함
작년 봄에 벗어던져 두었던
도수 낮은 안경까지 찾아 쓰고
온 집안을 뒤진다.

날 때부터 고도 근시이던 내 속마음의 눈
한 치 앞도 못 보고 어림짐작으로 헤매어 온 삶
안경 없이 곧잘 걸어온 셈인데
자세히 보지 못하고 휘두른 칼
얼마나 많은 상처를 남겼을까.

안경을 쓰고도 희미해져 가는 시력
더 늦기 전에
도수 높은 안경을 맞추어야겠다.

이름

돈가치 떨어지고
주가도 폭락이라고
뉴스 시간 절반을 수다로 채우고 있다.

종이쪽지 놀음인
주식, 증권, 화폐.
많이 가진 자의 움키고 푸는 손길 따라 춤추는
그 실질의 가치는 어디에 담보되어 있는지
누군가의 해설이라도 듣지 않고는 도통
짐작이 가지 않는데,

부풀려진 주가를 생각하다가 문득
사람은 얼마나 그 이름값을 하고 있을까
엉뚱한 상상을 해 본다.

대통령이 장관이 국회의원이,
선생이 성직자가 시인이…,
이름보다 실속이 알찼으면 좋겠는데
모두 그럴까

물어 볼 사람 쉬 눈에 띄지 않고,

늘 허기져 안달하는
내 모습 불만스러워 돌아다본 순간
"내 은혜가 네게 족하다."
하나님도 부풀린 사실을 암시하시는데
오늘 밤은 모처럼
골방에 들어가 철야 기도라도 해야 할 것 같다.

어떤 울음

외아들을 잃은 목사 친구가
눈물도 소리도 없이 울고 있다.
습관이다가 인격이 되어 버린
의미 잃은 웃음 속에
남극의 거대한 빙산
그 숨은 크기만큼, 그 삼엄한 한기만큼
머리에서 발끝까지 삼투하는 아픔을 숨기고
슬픔은 없는 것처럼, 원망도 잊은 것처럼
서른다섯 해
한 번도 부모 속 썩인 적 없었다고,
지난 주 예배 끝나고
이번 주중週中에는 아버님 어머님 모시고
근사한 식사 대접 한번 하겠다는 약속까지 했노라고,
YF쏘나타 구입 계약 취소시킨 일도 마음에 걸리고
결혼해 살 집을 장만하고도 하룻밤 자 보지 못하고
일터에서 먹고 자며 일만 했다고,
장가 못 보낸 게 한이 된다고
마디마디 핏빛 눈물이 밴 넋두리
세상에서 가장 처절한 울음을 포장하고 있다.

이럴 땐 기뻐하라고,
감사하라고,
찬양하라고,
평생 해온 설교가 하나도 생각나지 않는다고,
"엘리 엘리 라마 사박다니"
그 십자가 내려다보시던
아버지, 그분 가슴엔들 아픔이 왜 없었겠냐고
자신도 모르는 사이
아들이 또 하나의 기둥이 되어 가고 있었나 보다고
이 땅에 기댈 기둥 하나
남김 없이 거두시는 그 뜻
알 것 같으면서도 모르겠다고
건장하던 외아들을 잃은
친구가 울고 있는데
내겐 입이 없고
이 땅의 사전은 아무리 뒤져도
합당한 위로의 말 한마디
찾을 수가 없다.

비무장 지대

해원解冤 굿으로는 풀 수 없는
금족의 땅이
세계문화유산이 될 생태계의 낙원이란다.

갑년甲年을 넘긴 세월
사람들은 사람의 아픔을 앓고 있는데
하늘은 곁눈질 한 번 없이
저절로 자연한
그림만 그리고 있었구나.

옛사람도 '인위로 하늘을 돕지 말라' * 고 했던가
하늘은, 사람들은 제발 가만히 있어 달라는데
하늘마저 믿을 수 없는 사람들은
하늘의 기미를 훔치려고 안달이다.

첫 인공위성 발사가 실패라고,
반쯤은 성공했다고
비탄도 하고 위로도 하지만 정작
하늘에 쇳덩이 하나 더 띄운다고

걱정거리 없어지고
미소 늘어날 수 있을까.

땅만으로는 채우지 못하는 욕심
지구를 더럽히다 못해
하늘까지 쓰레기 공간을 만드는데

하늘 일은 하늘에 맡기고
사람은 사람 일 하면서
한 사람이라도 더 사랑하며 사는 바람
마음의 화살 한 대 공중으로 쏘아올려 본다.

* "분별하는 마음으로 도를 버리지 말고, 인위로 자연적인 것을 돕지
  말라"(不以心捐道 不以人助天)『莊子, 大宗師』

희화戱畵, 그러나 진지하게 그리는

그해 봄은 늑장을 부리고 있었다.
진눈깨비 흩뿌리는 온정각溫井閣 남북이산가족 면회장,
농림 학교 학생이다가
의용군(?)이 되어 북으로 간 처숙妻叔을 만나는 자리,
검정색 양복, 검은 중절모, 걸음걸이조차 통일된 일행이
제 이름 쓰인 팻말로 다가서는 순간
다섯 살이던 질녀는 53년 만에 만나는 삼촌을
한눈에 알아보고 눈물범벅이 되는데,
삼촌은 커다란 봉투에서 수북이 꺼내 놓는 양철 조각
하나하나에 새겨진 피와 땀의 얼룩을 자랑하고
이토록 많은 훈장 수여한
위대한 수령, 경애하는 지도자의 은총을 찬양하고
이 땅에서 미제美帝만 몰아내면 헤어지지 않아도 된다고
통일 처방전까지 내놓는다. 이미
신이 된 수령과 지도자의 자비와 인도 속에
잘 먹고, 잘 입고, 잘 산다는 초췌한 얼굴들,
여기저기 일어서서 큰 소리로 외쳐대는 설교
화장실 간다는 핑계로 열기 가득한 방을 나서는 순간
밖에는 함박눈이 봄소식을 지우고 있었다.

올해도 경칩에 폭설이 내리고,
봄다운 봄은 아무래도
한참을 기다려야 할 것 같다.

끝나지 않은 이야기

그는 멋쟁이 아저씨였다.

훤칠한 키에 귀티 흐르는 용모의 미남이었고, 행색은
초라해도 늘 당당한 부자였던 그, 초등학생 내 또래의
막내아들 위로 아들 하나 딸 둘, 인근에서 가장 예쁜 아
내와 하루 종일 걸어도 끝까지 닿을 수 없었던 자신의
땅을 모두 두고 왔노라던 그는, 한때 열렬한 인민의 벗
이었다가 마침내 인민의 적이 되어 잠시 남쪽으로 왔을
뿐이라고, 귀향길 가볍게 돌아가기 위해 새로운 가정은
꾸릴 생각 없어 단출하게 떠돈다는 막노동꾼, 함께 일하
는 사람들 말로는 아직도 막일이 서툴다는데 온 동네 애
들에게는 가장 인기 있는 아저씨, 끔찍이 애들을 좋아해
끊임없이 들려 주는 구수한 옛날 이야기, 북쪽 고향 주
변 사람살이의 일화로 우리 집 사랑방 늘 좁게 만들더
니, 들일에 지친 어른들까지 밤마다 불러 모아 북적이던
어느 날 사복 차림 형사 둘이 우리 집을 다녀간 다음 그
는 다시 오지 않았다.

10년 전에 아흔두 해 이 땅의 삶을 채우고 떠나신 우

리 아버지보다 서너 살 위라고 했던 그는 지금 어디를 떠돌고 있을까. 얼어붙은 두만강을 건너려는 손자손녀의 머리맡에 앉아 주저리 주저리 세기를 넘나들던 이야기를 풀고 있을까. 아직도 뚫리지 않은 북쪽 길 덧에 갈수록 낯설기만 한 남쪽 땅 여기저기 떠돌며 언제 끝날지 모르는 서럽고 아픈 이야기들 꾸러미 꾸러미 쏟아붓고 있을까.

고향 이야기

사람이 제 살 곳을 스스로 선택하는 게 아니라
땅이 사람을 골라 붙들고 있는 것을
사람들은 모른다.
나는 43년째
원주 땅과 드잡이를 하고 있는 중이다.
처음에는 버리고 떠나려는 나를 한사코 붙들더니
나중에는 젖가슴 파고드는 나를 살천스레 떠밀고 있다.
서울에서 근무하던 어느 날 저녁
세종로에서 북악 쪽을 바라보다 문득
치악산이 보고 싶어 무작정 청량리역을 향한 이후
함안군 군북면 유현리 232번지, 그 출생지도
김해시 대동면 대감리 78번지, 그 성장지도 아닌
원주시 중앙동 57번지, 옮겨 온 그 본적지가,
여기서 아이들 낳아 기르고 가르쳐 온 이곳이
고향이 아니고 무엇이냐고 항변하는 내게
억센 남도의 억양이
영 마음에 들지 않는다는 듯 은근히
변두리로 내몰고 있다.
이제는 땅도 알고 있는 모양이다,

아무리 박대를 해도 떠날 수 없는 때가 이르렀음을.
고향이면 어떻고 타향이라면 또한 어떠랴.
이제는 실랑이도 멈추고 땅이 붙드는 대로
원주시 문막읍 동화리 582의 3번지
이곳에 씨알 하나 묻고
땅이 나더러 여기가 네 고향이라고 일러줄 때까지
대를 이어 가며 뭇 사람들에게
5백 년쯤은 싱싱하게 그늘 지어 줄
느티나무 한 그루 키울 일이다.

춘분을 지나며

벗이여, 우리
이쯤에서 촛불이라도 밝히고
아픔도 즐거움도
한 줌 그리움으로 침전시킨 세월에 진심으로
경의를 표해도 좋으리.

가파르고 질척대는 고갯길 진창길에서 절망하고 있는
지금 이 땅의 아들들에게
변덕스러운 봄 날씨가
어제는 여름이다가 오늘 다시 겨울의 영하로
주저앉는다 하여도
오늘은 분명 봄의 계절 안에 와 있다고, 우리도
고갯길 넘고 진창길 헤쳤노라고
움츠린 어깨 도닥여 주면서.

어둠의 긴 옷자락 조금씩 잘려나가고
태양이 그만큼 하늘 언저리를 밀어 내는 이때
오늘은 늘 아픔이었고, 그 아픔만큼
내일에서 뒤돌아보는 풍경은 아름다웠더라고

이제는 마음놓고 고백해도 좋으리.
벗이여!

청천 하늘엔 별도 많고
— 어느 전직 대통령의 죽음을 보며

바보라 불리던 사내가 세상에서 뛰어내렸습니다.
산을 오르던 날부터 아무도
정상에 이르리라고 믿지 않았는데
그는 올랐고
남들이 다 즐기는 산정에서
곧바로 내려오고 싶어하던 그는
이 땅 어디에서도
다시 오를 다른 산 없었는지
세상 밖으로 뛰어내렸습니다.

"먹는 것, 입는 것, 이런 걱정 좀 안 하고, 더럽고 아니
꼬운 꼬라지 안 보고, 그래서 하루하루가 신명나게 이어
지는 세상"
바라던 화두 너무 무겁고
남들보다 약삭빠르지도
뻔뻔하지도 못한 제 마음 이기지 못해
"나를 버려 달라" 하직 인사하고 훌쩍 떠났습니다.

내려온 그 산 되돌아보는 게 아니었습니다.

큰 집 짓고 방문객이나 만날 일 아니었습니다.
화살 되어 돌아올 말 좀 아껴야 했습니다.
내려오려면 늘 해 오던 말대로
낮은 자, 따돌림당하고 버림받은 자
산을 오르기 전 눈길 주었던 그들의 곁, 그들의 모습
으로
세상의 틀 같은 건 모두 벗어던져야 했습니다.
산행을 함께했던 동지의 곁이 아니라, 이제는
이름 석 자 부르기도 어려워하는 옛날의 동무들, 이
웃들
그들이 되는 일이었습니다.

그는 역시 바보였습니다.
스스로 잡초임을 부인치 않았는데 또 한 번
짓밟힌다고, 모두들 외면한다고 두려워할 일 아니었습
니다.
"슬퍼하지 마라" 슬프지 않으며
"원망하지 마라" 원망하지 않는 세상이라면 구태여
그 바위벼랑 뛰어내릴 필요도 없었습니다.

"운명이다" 선언할 분은 이 세상 힘의 근원이신 오직
한 분
스스로 판단하고 제멋대로 결정하며 남길 말은 아니었
습니다.
비석 하나의 부질없는 욕심도 버려야 했습니다.
가고 난 뒤의 시비와 혼란까지 계산한 결단이었다면
그토록 부둥켜안고자 했던 조국도 결코
사랑이라 말하지 않을 것입니다.

그를 보내는 사람들의 오열은 풍성했습니다.
사람들은 늘 자기 설움에 빠져 우는 것
이 땅에 저토록 설움도 많았구나.
어제는 범죄자이다가
오늘은 순교자가 되는
저마다 제 이기의 방편으로 세상을 해석하고
죽음까지도 이용의 도구가 되는
진실보다는 왜곡에 능한 이 땅이 싫고
경박한 모국어가 부끄러워
하루 종일 벙어리 되어 지낸 그날도

하늘은 여전히 높고 드넓었습니다.

* " " 안은 고 노무현 전 대통령의 어록과 유서에서 인용.

느티나무
— 박경리 선생을 추모하며

동구 앞 오래된 느티나무
뽑혀나간 자리 너무
넓다.

한 번도 그 그늘에 땀 식힌 적 없는데
지날 적마다 문득
무덥기만 하다.

그랬구나. 그 느티나무
동구 앞 빈자리만 아니라
온 세상을 덮어 주고 있었구나.

노숙자

1
한 뼘만큼,
정말 한 뼘만큼만 비켜서고 싶었다.
처음부터 보폭 다른 행렬에 끼어
발맞추어 걷는 일은 무리였는지 모른다.
낙오라거나 도망이라고는 말하지 말자.
조금 남루하거나 불편한 것이
어찌 이 자유를 폄훼할 일이냐.
자신의 등뒤, 혹은 곁에서
구경꾼으로 스스로를 관조하는 일은
얼마나 가슴 벅찬 설렘인가.
축가를 불러다오.
돌아갈 작은 집 버리고 얻은
이 광활한 큰 집의 평화를 노래해 다오.

2
당당해야지.
정말 초연해지고 싶었다.
어차피 돌아갈 집 없는

이 삭막한 세대의 영혼
누군들 노숙자 아니겠는가.
그러나 잠들면
떠나온 집 주변을 맴도는 이 꿈까지야
난들 어쩌란 말이냐.
할 수만 있다면 한 겹만,
얼굴 한 꺼풀만 벗겨 버릴 수는 없을까.
버려진 신문지로 가려 보아도
벗어날 수 없는 이 인연들을
날더러 또 어쩌란 말이냐.

3
뒤돌아보지 말자.
다시는 머뭇거리지 말자.
이 한 너울 벗으면 평안할 것을.
이제야 알 것 같다,
대안이, 원효가
왜 표주박을 치며 자신을 일깨웠는지를.
돌아갈 차표를 찢는 아픔 없이는
떠난 자의 자유를 누릴 수 없음을….

나이 드는 일

언제부턴가
잠자리에 들어 잠을 청할 때면
눈썹 세는 소리가 들린다.
오기와 충동의 검은 뿌리를 뽑아 내고
순명順命의 흰 눈썹을 갈아 심는
삽질 소리

50년 근시의 안경 벗어둔 자리를 찾아
한나절을 허둥대는 시력으로
30년 만에 만난 친구의
가슴속 쌓인 말들의 구슬이 환히 보여, 무심코
친구가 할 말을 먼저 하기도 하고
이야기도 듣기 전에 웃기부터 한다.

나이 들면
하나둘씩 잃어 간다고 하는데
또 다른 것으로 채워 주시는 손길, 장차
이사가 살 곳의 법도를 익히도록 한
그 배려는 왜들 말이 없을까.
정작 누려야 할 또 다른 즐거움인데.

세상 소리

시끄러운 세상 소리가 아직 들리는 것을 보면
내가 제대로
나를 살지 못하고 있나 보다.
세상이 생겨나면서부터 한 번이라도
음란과 부패 없었던 시절 있었더냐.
성과 양심을 상품으로
더러운 거래를 해온 것이 어제오늘의 일이더냐.
산새가 저리 섧게 울어도
진달래는 귀마저 잊고
제 웃음만 깔깔대고 있지 않으냐.
바람이 그토록 유혹하여도 눈 하나 까딱 않고
빈산에 때 이른 단청만 입히고 있지 않으냐.

세상이 시끄러운 것은 아마
나도 나를 모르기 때문일 게다.
제 자신에게서조차 흥미를 잃은
부족한 사랑 때문일 게다.